Agatha Mistery

La malédiction du pharaon

Texte de Sir Steve Stevenson.
Illustrations de Stefano Turconi.
Cet ouvrage a initialement paru en langue italienne
aux éditions De Agostini, sous le titre
L'enigma del faraone.

Traduction : Anouk Filippini.
Mise en page : Julie Simoens.

Hachette Livre, 43, quai de Grenelle, 75015 Paris.

Agatha Mistery

La malédiction du pharaon

hachette
JEUNESSE

LES PERSONNAGES

Agatha

Pas de mystère, c'est bien une Mistery ! Agatha est une experte en énigmes et aime résoudre les enquêtes les plus coriaces. Sa mémoire prodigieuse est célèbre dans sa famille... elle note toujours tout ! Et grâce à Larry, son cousin, elle voyage dans le monde entier !

Larry

Élève à l'Eye, la célèbre école de détectives, il a tendance à paniquer quand on lui confie une mission... Heureusement, ce génie de l'informatique ne se déplace jamais sans ses gadgets ultramodernes. Avec Agatha, ils forment une équipe imbattable !

Mister Kent

Toujours discret et disponible, cet ancien boxeur n'a peur de personne ! C'est un excellent garde du corps qui veille sur les Mistery pendant leurs missions.

Watson

Curieux et malin, ce n'est pas un hasard si Watson porte le nom du célèbre assistant de Sherlock Holmes ! Son seul défaut : il a une dent contre Larry...

Tante Mélanie

C'est elle qui accueille les détectives en Égypte. Éleveuse de dromadaires, elle a de la poigne et connaît Louxor sur le bout des doigts !

LA DESTINATION

La Vallée des Rois, en Égypte.

L'OBJECTIF

Retrouver un vestige égyptien dans un camp d'archéologues.

EGYPTE
30 MILLS.

L'ENQUÊTE COMMENCE…

Dans Baker Street, la rue où vivait le célèbre Sherlock Holmes, il y a un immeuble de quinze étages, avec tout en haut une grande terrasse couverte de panneaux solaires. Au milieu, est installée une maison bizarre qui ressemble à un petit cube de béton. Derrière les fenêtres aux vitres opaques, on devine une pièce unique, où règne un désordre inimaginable : des câbles, des écrans, des antennes et du matériel électronique dernier modèle, mais aussi des sacs-poubelles, des cartons de pizza et des vêtements jetés un peu partout au hasard.

Le seul habitant est un jeune garçon de quatorze ans, une grande asperge aux cheveux noirs, qui ronfle, complètement débraillé, sur le canapé. Cette nuit, il a laissé ses sept ordinateurs allumés. Il télécharge des données depuis les quatre coins du globe. Le reflet des témoins lumineux clignote sur son visage.

Dehors, Londres est enveloppée dans une brume laiteuse. Tout près, le clocher de Big Ben annonce 6 heures du matin.

Larry Mistery n'entend pas les cloches

sonner, il continue à dormir profondément.

Il faut dire qu'il n'est pas du matin. Ce qu'il aime, c'est ne rien faire de la journée, et se mettre au travail en début de soirée, de préférence avec la musique à fond. Ses bulletins scolaires parlent d'eux-mêmes. En informatique, il est bon. Pour tout le reste, il est complètement nul.

À 6 h 36 exactement, on entend un faible *BIP*. Il vient d'un petit appareil, qui ressemble à un téléphone portable, et qui est accroché au mur par un cordon, juste au-

dessus du canapé. Sans se lever, le garçon tend la main et attrape l'appareil. Le message affiché sur l'écran est urgent. Larry ouvre grand les yeux.

— Aujourd'hui ! hurle-t-il. Je n'y arriverai jamais !

Il saute sur ses pieds et regarde autour de lui. Un désastre. Il slalome entre les télécommandes et différentes alarmes, sonneries, haut-parleurs, tous éteints.

— Pas de panique, Larry, se dit-il à lui même. Respire et réfléchis : comment avertir Agatha sans que *eux* le sachent ?

Il passe une minute à s'ébouriffer les cheveux. Puis il se décide. Sortant sur la terrasse, il ouvre la porte de la volière et attrape son fidèle pigeon voyageur.

— C'est le moment de te mettre au boulot, mon coco. J'ai besoin de toi pour envoyer un message à ma cousine adorée : Agatha Mistery !

Chapitre 1

Ils ne sont pas banals, les Mistery !

Dans la grande banlieue de Londres, la triste succession de maisons grises est soudain interrompue par une tache de verdure : c'est la Mistery House, la maison d'Agatha Mistery et de ses parents, bâtie au milieu d'un parc, avec des champs de fleurs et des étangs couverts de nénuphars.

En pantoufles, vêtue d'une vieille robe de chambre, Agatha se promène dans son jardin. L'odeur de l'herbe fraîchement coupée lui chatouille agréablement le nez.

Un nez qu'elle a petit et retroussé, un trait de famille chez les Mistery.

Tout en marchant, Agatha déguste un thé chinois que ses parents lui ont rapporté d'un de leurs voyages. Elle arrive à un petit pavillon. Là, elle se laisse tomber sur une balançoire et pose son mug fumant sur un guéridon, à côté d'une pile de courrier. Du coin de l'œil, elle remarque un petit paquet, couvert de timbres et de tampons de la poste.

— Mister Kent ? appelle Agatha.

Le majordome de la Mistery House surgit derrière un buisson d'hortensias, armé d'un énorme sécateur. Vêtu d'un smoking (drôle de vêtement pour le jardinage !), il est en train de tailler quelques branches rebelles.

— Bonjour, Miss Agatha.

Mister Kent esquisse un sourire, et brandit son sécateur, sans pour autant bouger d'un centimètre sa lourde carcasse d'ancien boxeur.

— Vous savez d'où vient ce colis ? demande Agatha en brandissant le paquet.

— Ça vient des Andes, Miss Agatha.

— Alors c'est un colis de Maman et Papa !

Sans perdre une minute, elle pose le paquet sur ses genoux, et commence à le défaire. Elle en profite pour mieux étudier la série de timbres et de tampons. Le paquet a voyagé : Laguna Negra en Argentine, Ica dans les

Andes, Lima au Pérou, et pour finir, Mexico City ! Ravie, elle boit une gorgée de thé, puis elle sort de sa poche son fidèle petit cahier, qu'elle ouvre à une page vierge. Agatha ne rate jamais une occasion de noter une information intéressante. Comme tous les Mistery, elle a choisi un métier hors du commun. Elle veut devenir écrivain. Auteur de romans policiers. Et pas n'importe lequel : le meilleur !

Agatha finit par défaire le ruban et ouvre la boîte. Mister Kent, naturellement, sait déjà qu'à l'intérieur, il y a le cadeau d'anniversaire pour les douze ans d'Agatha. Mais il est aussi surpris qu'elle en découvrant le contenu du colis : un cactus. Agatha a les joues toutes roses.

— C'est une variété rarissime ! s'exclame-t-elle, aux anges.

La plante pleine de piquants est accompagnée d'une carte.

Agatha, ma chérie,

Ton père et moi sommes très heureux d'avoir trouvé pour toi le dernier plant au monde d'Indionigro Petrificus. Tu peux le mettre dans le lot 42. Ajoute un peu de terreau sablonneux et pas d'eau. Prends-en soin ! Et n'oublie pas de porter des gants : ses épines contiennent un dangereux venin paralysant qui entraîne une « mort apparente » en quelques minutes seulement.

De gros, gros baisers.

Maman.

— Un venin paralysant ! Génial ! Par la barbc dc la Rcinc, c'cst cxactcmcnt cc qu'il me fallait ! se réjouit Agatha.

Le paquet sous le bras, elle part en courant vers la serre. Mais Mister Kent la rattrape.

— On a un petit problème, Miss Agatha. Je crois que vous devriez venir voir.

Agatha suit le majordome dans le jardin. Posé sur une branche d'arbre, le pigeon voyageur sautille d'une patte sur l'autre.

— Un message de Larry !

Watson, le chat d'Agatha, se lèche les babines en regardant l'oiseau. Agatha grimpe dans l'arbre et attrape le pigeon. Elle dégage un petit cylindre de laiton sur sa patte et lance le pigeon dans les airs. Il repart dans un grand battement d'ailes, laissant le chat Watson complètement dépité. Dans le cylindre, il y a une feuille roulée.

Même si avec Larry, tout est possible, Agatha ne s'attendait pas à lire un message pareil :

Départ pour l'Égypte à 10 h 45, aéroport d'Heathrow. Billets réservés. Détails de l'énigme seront révélés pendant le trajet.

Agent LM14

Sans descendre de son arbre, elle consulte sa montre. Il est 7 heures passées de quelques minutes.

— Mister Kent, les valises ! crie-t-elle. Départ immédiat !

EGYPTE
POSTES
30 MILLS.

Chapitre 2

Destination Louxor

Pendant que le majordome, Watson sur ses talons, va faire les bagages, Agatha file dans sa chambre pour consulter l’arbrc généalogique de la famille. Il s’agit d’un énorme planisphère sur lequel figurent le nom, le lieu de résidence, le métier et le degré de parenté de tous les Mistery. Elle pointe le doigt sur l’Égypte, et trouve une tante à Louxor.

— Mélanie Mistery ! s’exclame-t-elle. Éleveuse de dromadaires.

Une demi-heure plus tard, tout est prêt pour le départ. Sur la limousine, on a chargé trois grosses valises, le terrible Indionigro Petrificus (on ne sait jamais, ça peut toujours servir !) et Watson, qui se roule en boule sur les genoux de sa maîtresse.

Reste une inconnue : Larry sera-t-il à l'heure ?

Agatha et Mister Kent trouvent des billets à leurs noms au comptoir de l'aéroport. Ils embarquent sur un Boeing 747, direction Louxor. Larry n'est toujours pas là, et ils posent à sa place la cage de Watson. Le chat, qui a l'habitude de voyager, ronfle déjà. Agatha se plonge dans ses livres : elle a emporté des ouvrages de botanique, quelques traités sur les poisons et des guides de voyage sur l'Égypte. Mister Kent cherche une position confortable,

et c'est très compliqué quand on est taillé comme lui.

Le décollage ne va pas tarder. Agatha aperçoit enfin Larry dans l'allée, et pousse la cage de Watson, qui se réveille pour lancer un regard noir à Larry. Déjà qu'il ne l'aime pas beaucoup…

— J'ai cru qu'elle allait me prendre l'Eye-Net aux contrôles, dit Larry en s'installant.

— Dur, dur, la vie d'agent secret ! répond Agatha avec un clin d'œil.

L'EyeNet est un appareil ultratechnologique que l'école de détectives donne à tous ses élèves. Larry ne s'en sépare jamais. Sans lui, il est perdu.

L'avion décolle enfin. Après la couche de nuages londoniens, il vole maintenant dans un ciel limpide.

— Donne-moi tous les détails de l'enquête, agent LM14, attaque Agatha.

Larry raconte : il a reçu un message de l'école ce matin. Il doit passer son examen de Pratiques d'investigation. Il a trois jours pour découvrir le coupable d'un vol dans un champ de fouilles archéologiques de la Vallée des Rois, en Égypte.

— Plus précisément, il s'agit d'une tablette qui parle d'un mystérieux pharaon. Mais je n'ai pas encore consulté tous les dossiers. Je voulais le faire avec toi…

— Chouette ! Alors allons-y !

Larry sort le matériel de son sac à dos. Il connecte l'EyeNet à l'écran encastré dans le siège de devant. Fier de lui, il met en marche son installation. Le visage d'un monsieur distingué, avec des moustaches et un chapeau melon, apparaît sur l'écran. C'est l'agent UM60.

« Louxor, ancienne capitale de l'Égypte, jadis appelée Thèbes, commence le professeur de Pratiques d'investigation. Elle se trouve sur la rive orientale du Nil et elle est connue pour ses temples à la gloire du soleil. Mais vous, Agent LM14, devez vous rendre sur la rive opposée, celle du soleil levant, où les pharaons dorment dans leurs tombeaux depuis des milliers d'années. La fameuse Vallée des Rois. Vous connaissez la malédiction de Toutankhamon ? »

Larry frissonne, Agatha est comme hypnotisée par les images qu'elle voit défiler sur l'écran. Un cours accéléré sur les merveilles archéologiques de l'Égypte, génial !

« Rappelez-vous que c'est une mission, et pas un voyage touristique ! Découvrez le coupable, Agent LM14, ou vous redoublerez votre année ! »

Larry a le front moite. Il déteste les examens. C'est pour ça qu'il demande toujours à Agatha de l'accompagner quand il part en mission.

Sur l'écran, le visage du professeur est remplacé par une longue liste de dossiers : cartes satellite, messages codés…

— C'est encore pire que ce que je pensais, soupire Larry.

— Ne t'inquiète pas, on va bien s'amuser.

À ce moment-là, l'hôtesse annonce l'atterrissage imminent de l'avion.

— On est bientôt arrivés, dit Larry. On étudiera les documents à l'ombre des pyramides, qu'est-ce que tu en penses ?

— Si je me souviens bien, Larry, à Louxor et dans la Vallée des Rois, il n'y a pas de pyramides.

— Pas de pyramides, répète Larry avec une grimace. De mieux en mieux !

EGYPTE
POSTES
30 MILLS.

Chapitre 3

Chez tante Mélanie

Agatha, Larry et Mister Kent n'avaient pas imaginé une seconde la splendeur de Louxor. La ville est pleine de couleurs et de vie. Larry n'en revient pas.

— Tu as vu la statue de ce chacal ? Et ce pharaon géant !

Talonnés par un Mister Kent silencieux et attentif, les deux cousins sont sortis de l'aéroport pour se fondre dans la foule vibrante de la ville. Soudain, Agatha entend quelqu'un crier son nom. Elle tourne la tête et aperçoit, au beau milieu de la place, au pied d'un obélisque, un troupeau de dromadaires à faire pâlir d'envie Lawrence d'Arabie. Droite sur ses étriers, une femme un peu potelée leur fait signe de la main. C'est tante Mélanie ! Elle descend de sa monture pour les accueillir. Elle serre Agatha dans ses bras, et manque d'embrasser Mister Kent.

— Euh... je ne suis que le majordome, bafouille ce dernier, gêné.

— En effet, j'aurais dû m'en douter, vu votre gabarit ! Et toi tu dois être Larry, poursuit tante Mélanie. Mais c'est que tu es mignon tout plein, un vrai bourreau des cœurs !

Larry devient rouge comme une tomate.

— Vous devez avoir faim ! Grimpez !

C'est donc à dos de dromadaire que les détectives fendent la foule de Louxor jusqu'à la somptueuse villa de Mélanie Mistery. Dans le patio, les enfants se rafraîchissent à l'eau d'une fontaine, avant de se diriger vers la salle à manger, qui ressemble à la tente d'un roi. Partout des coussins aux étoffes soyeuses, et dans l'air une odeur d'encens. Watson fait le tour de la pièce en reniflant, à la recherche d'autres chats.

— Aujourd'hui, je vous emmène visiter le temple de Louxor, dit Mélanie en attrapant une datte. Et demain Karnak. Le programme vous plaît ?

Larry, avalant de travers une bouchée de couscous, se met à tousser. Agatha vient à son secours.

— Désolée, tante Mélanie, mais on doit partir tout de suite pour la Vallée des Rois.

— Comme vous voudrez, j'avais prévu de vous y emmener plus tard mais si vous préférez faire comme ça…

— En fait, on doit s'y rendre seuls. Je veux dire, nous deux, Mister Kent et Watson, répond Agatha.

Tante Mélanie commence à se douter qu'il y a du Mistery là-dessous, et Agatha décide de tout lui révéler.

— Larry est à L'Eye, la célèbre école pour détectives. On est là pour l'aider à passer un examen.

— Je comprends mieux, dit tante Mélanie. Et donc, quelle est votre destination ?

— La tombe n° 66, répond Larry, qui a retrouvé l'usage de la parole.

— Quoi ? s'étonne tante Mélanie en

bondissant sur ses pieds. Mais... Mes enfants, la tombe n° 66 n'existe pas !

Elle sort et revient avec une carte de la Vallée des Rois. Elle l'étale au milieu de la pièce, comme un tapis.

— Vous voyez, il n'y a que soixante-trois tombes connues et deux en voie d'identification. Ce qui fait soixante-cinq.

—Je peux me servir de la télé ? demande Larry.

Il allume le poste et connecte l'EyeNet. Le groupe se tourne vers l'écran, y compris le chat Watson. On y voit un vieil égyptologue à la barbe blanche, qui parle anglais avec un fort accent français.

« On ne sait pas à qui elle appartient. On suppose qu'il s'agit de la tombe d'un pharaon, tombé en disgrâce et jamais enregistré sur les listes royales. Il pourrait s'agir d'une découverte révolutionnaire, mais sans la tablette volée, on ne pourra jamais en faire la preuve. On a besoin d'aide ! Vite ! »

Sur l'écran, on voit ensuite l'itinéraire qui permet d'atteindre la tombe n° 66. Il contourne la zone des temples pour grimper en pente raide au sommet d'une colline.

— Alors, c'est ça, ta mission ! s'exclame Agatha. Je comprends mieux maintenant ! Cette tablette est très importante, elle permet de trouver l'entrée d'une tombe inconnue. C'est une découverte historique !

Tante Mélanie décide de prendre les choses en main.

— Préparez les vivres ! Sellez les trois dromadaires les plus rapides, réservez un bateau ! crie-t-elle dans la maison.

— Merci, tante Mélanie, dit Agatha.

— En revanche, mes enfants, soyez prudents. Le Conseil Suprême des Antiquités égyptiennes est très sévère. Il n'aime pas qu'on se balade comme ça dans la Vallée des Rois. Il y a des gardes partout.

L'un des hommes de tante Mélanie les interrompt.

— Tout est prêt, madame.

— Parfait ! Je vous accompagne au bateau, vous devez traverser le Nil…

Chapitre 4
En remontant le Nil

— Tante Mélanie est un peu spéciale quand même, constate Larry.

Appuyé contre le parapet, il fixe les eaux vertes du Nil.

— Ça te surprend ? répond Agatha. C'est une Mistery comme nous.

— Oui, d'accord, mais… ce bateau, il est bizarre, non ?

— Puant, rouillé et lent. Bref, mes parents adoreraient !

Ils éclatent de rire. Avant de leur dire au

revoir, tante Mélanie leur a assuré que ce bateau, *le Duat*, était parfait car il n'attirerait pas l'attention.

— Il doit accoster sur un quai abandonné, près du sentier indiqué sur votre carte. Vous êtes contents, mes chéris ?

Pour être contents, ils sont contents ! Surtout depuis qu'Agatha a regardé dans ses livres la signification de « Duat » : l'au-delà. Une nouvelle qui a achevé de démoraliser le pauvre Larry. Watson, qui n'aime pas trop la navigation, file se réfugier dans les bras de Mister Kent.

— Bon. Je propose que l'on récapitule les informations dont on dispose. D'accord, Larry ?

Les deux cousins s'installent derrière l'enclos aux dromadaires du bateau et sortent des documents imprimés.

— Ça, c'est un dossier sur l'égyptologue. Celui qu'on voit dans le film, commence Agatha.

— Le professeur Marchand, c'est ça ?

— Auguste Marchand, de l'université de Mulhouse, en France. Son équipe est formée de deux assistants, un Polonais et un Allemand, plus vingt ouvriers égyptiens chargés de creuser la terre.

Agatha tombe alors sur une étrange photo, qu'elle sort de la pochette. Dessus, quatre personnes posent fièrement devant une tablette en argile posée à leurs pieds. La tablette est couverte de hiéroglyphes. Larry

passe en revue les hommes de la photo.

— Le deuxième à gauche, c'est le professeur Marchand, on le reconnaît à sa barbe blanche. Tu devines les autres noms, Agatha ?

— Mmm… On a le docteur Wroclaw, polonais, spécialisé dans les hiéroglyphes. Et le docteur Frank, allemand, géologue. Je dirais que Wroclaw est le blondinet, et que Frank c'est le grassouillet. Ça colle. Mais qui est le quatrième ?

Avec sa longue barbe pointue et sa

tunique, il est particulièrement sinistre. On dirait un prêtre de l'Ancienne Égypte. Et ce regard ! Brrr…

— Je crois qu'on devra attendre d'être arrivés à la tombe n° 66 pour connaître son nom.

Sur son carnet, Agatha dessine un gros point d'interrogation. En dessous, elle écrit : **QUATRIÈME HOMME.**

— La tablette, maintenant. Tu remarques quelque chose ? demande-t-elle.

— Elle a l'air fragile. On dirait presque de la pâte feuilletée, fait observer Larry. Comment les voleurs ont-ils fait pour la dérober sans la casser ?

— Excellente analyse, cousin !

Sur son cahier, Agatha écrit en gros : **TRANSPORT DE LA TABLETTE.**

— Et… je crois que quelque chose ne va pas avec ces hiéroglyphes, continue Larry.

— Exactement ! Je me souviens que j'ai lu dans…

Larry est pendu à ses lèvres. Dans la famille Mistery, tout le monde connaît la mémoire incroyable d'Agatha.

— … Oui, c'est ça, dans le *Précis sur les hiéroglyphes*…

— Quoi ? demande Larry, qui n'y tient plus.

— Je peux me tromper… Mais à mon avis, les hiéroglyphes, sur cette photo, sont écrits à l'envers.

— Mais oui !

— Quelle énigme, hein ? Celui qui a tracé ces hiéroglyphes voulait les rendre incompréhensibles.

Larry saute sur ses pieds.

— Ça explique pourquoi dans le film, le professeur Marchand est aussi vague !

— Ils n'ont pas eu le temps de traduire la tablette, ajoute Agatha.

Et sur son carnet, elle écrit bien sûr : **HIÉROGLYPHES À L'ENVERS.**

En fin d'après-midi, ils atteignent la rive opposée du Nil. *Le Duat* a dépassé la zone des grands temples pour rejoindre les collines plus au nord. Ils accostent sur un ponton en bois pourri que plus personne n'utilise depuis des années. Devant eux, s'étend une plaine marécageuse.

— Je croyais qu'en Égypte, c'était plutôt désertique.

— Le désert commence après les chaînes de montagnes, explique Agatha. Autour du Nil, les terres sont fertiles, surtout durant la période des crues d'été.

Après avoir déchargé le matériel, ils montent sur les dromadaires. Mister Kent finit par trouver le chemin qui serpente dans les collines. Ils avancent dans ce paysage sinistre pendant une bonne demi-heure, puis ils débouchent sur un sentier qui grimpe sur les sommets de la Vallée des Rois. Agatha s'arrête pour observer le paysage avec une longue-vue de poche.

— La mauvaise nouvelle, c'est qu'on peut se perdre facilement.

— Et la bonne ? demande Larry, essoufflé.

— C'est qu'il n'y a aucun garde à l'horizon.

Mais Agatha se trompe. Complètement. Elle vient à peine de prononcer ces paroles que les trois aventuriers entendent des bruits suspects. Ils voient alors des canons de fusils pointer derrière les rochers.

— Plus un geste, ordonne une voix. Restez où vous êtes !

EGYPTE
30 MILLS.

Chapitre 5
La tombe n° 66

Une dizaine d'hommes déboulent autour d'eux. Ils sont armés, mais aucun ne porte l'uniforme de la police ou dc l'armée. Qui sont-ils ? Des pilleurs de tombes ?

— Tout ça ne me dit rien qui vaille... murmure Agatha.

Larry et Mister Kent approuvent en silence. De son côté, Larry panique complètement. Il lève les mains en l'air et les agite au-dessus de sa tête.

— On est innocents ! On se rend !

Ce mouvement brusque et inattendu surprend son dromadaire, qui donne un violent coup de patte et envoie tout valser, Larry, la selle et les besaces. Soudain, une voix s'élève. L'homme a un fort accent français.

— Aidez donc ce garçon, vous autres.

Celui qui a parlé est un petit homme à la barbe blanche. C'est lui, le vieil égyptologue du film, le professeur Marchand !

Agatha descend de sa monture et rejoint le savant d'un pas décidé.

— Bonsoir professeur, c'est l'Eye qui nous envoie. Nous sommes là pour la tablette.

— Quoi ? L'agent LM14 est ici ?

— À votre service, dit Mister Kent en descendant de son dromadaire.

— Non... Attendez ! proteste Larry, encore emmêlé dans les cordes.

Mais le professeur est déjà en train de serrer la main du majordome.

— Pardon pour l'accueil, il se passe tellement de choses bizarres en ce moment ! Laissez-moi vous présenter mon spécialiste des hiéroglyphes, M. Wroclaw.

— Enchanté, répond Mister Kent, qui a reconnu l'homme de la photo.

— Bon, il est temps d'escorter nos hôtes jusqu'au camp de base, reprend le professeur Marchand.

Sur le chemin, Larry, furieux, se penche

sur son dromadaire pour parler à Agatha. Il ne comprend pas pourquoi Mister Kent s'est fait passer pour l'agent LM14.

— Réfléchis, rétorque Agatha en chuchotant. Pendant que Mister Kent retient leur attention, on pourra travailler.

— Tu as raison, admet Larry de mauvaise grâce.

— Ton EyeNet, il relève les sources de chaleur ?

— Oui, pourquoi ?

— Une fois au camp de base, tu activeras le scanner. Selon nos informations, il devrait y avoir trois scientifiques et vingt-et-un ouvriers sur le site. Plus le quatrième homme de la photo. Ce qui fait un total de vingt-cinq personnes.

— J'ai compris, répond Larry sur un ton de conspirateur. Tu veux savoir s'il manque quelqu'un…

Après avoir escaladé une autre butte de sable, ils finissent par arriver au camp, niché

au creux d'une vallée. Dans la clarté de la lune, les tentes des ouvriers ressemblent à des fantômes. Le professeur Marchand les conduit au pavillon réservé aux chefs d'expédition.

Dans la cuisine, ils sont accueillis par le troisième égyptologue, l'homme grassouillet. Il est en train d'engloutir un pot de crème glacée.

— Ravi de faire votre connaissance, docteur Frank, dit Mister Kent, désormais parfaitement à l'aise dans son rôle d'agent secret.

— Quelqu'un a faim ? demande le savant, la bouche pleine de glace. Je me faisais une petite collation avant le dîner.

Mister Kent aide à dégager une table couverte de cartes et d'instruments de calcul pour dresser le couvert. Agatha rejoint son cousin, resté un peu à l'écart.

— Alors ? Le compte est bon ?

— J'en ai compté vingt-trois. Il en manque deux !

— Très intéressant…

Alors qu'ils dînent dans un silence gêné, Agatha décide qu'il est temps de passer aux choses sérieuses.

— Au fait, vous avez retrouvé les deux ouvriers qui ont disparu ? demande-t-elle d'un air innocent.

Le professeur Marchand manque de s'étrangler.

— Comment êtes-vous au courant ? Nous n'en avons parlé à personne.

— C'est notre métier, intervient Mister Kent. Nous sommes là pour enquêter.

Le vieil égyptologue est aux anges.

— Je vous l'avais dit, les détectives de

l'Eye International sont les meilleurs ! Vous verrez qu'ils vont résoudre ce mystère !

Puis il se tourne vers Mister Kent.

— Bon, par où voulez-vous commencer, détective ?

— Par le début, naturellement.

À la lumière des lanternes, le professeur Marchand raconte comment tout s'est déclenché, environ un mois plus tôt.

— Nous nous sommes fondés sur les indications d'un ancien papyrus conservé au Musée du Caire, qui parle d'un pharaon maudit, et qui nous a conduits dans la Vallée des Rois. Nous avons creusé et creusé. Et puis un jour Tafir, le directeur des fouilles, a découvert une tablette d'argile.

— Tafir, murmure Agatha, c'est donc le nom du quatrième homme…

— Nous avons tout de suite compris qu'il s'agissait d'une découverte exceptionnelle. De ma vie je n'avais jamais rien vu de pareil.

— Vous voulez parler des hiéroglyphes à

l'envers ? demande Agatha.

Encore une fois, les trois savants sont stupéfaits. De toute évidence, Agatha a tapé dans le mille.

— Oui, admet Wroclaw. Après avoir nettoyé la tablette, cette nuit-là, je me suis mis à déchiffrer quelques phrases.

— Et de quoi elles parlaient ? demande Mister Kent.

— D'une tombe somptueuse que les prêtres avaient déplacée secrètement dans cette vallée après une révolte populaire. Mais je n'ai pas eu le temps de découvrir la position de l'entrée.

— Vous comprenez, à ce stade on tombait de sommeil, poursuit le professeur Marchand. Et donc nous avons décidé de continuer nos recherches le lendemain.

— Mais le lendemain, la tablette avait disparu, conclut Agatha.

— Oui. Et les deux ouvriers… Pfff ! Envolés, ajoute Larry.

— Exactement ! s'énerve Wroclaw. Les misérables... Ils l'ont volée sous notre nez !

Il tape violemment du poing sur la table, tandis que le docteur Frank sort une autre glace du congélateur. Larry plisse le front, un peu inquiet.

— Est-ce que quelqu'un les a vus ? demande Agatha.

— Cette nuit-là, c'est Tafir qui montait la garde, avec trois ouvriers. Nous les avons interrogés, mais ils disent qu'ils n'ont rien remarqué.

— Bien, dit Agatha. Je suppose qu'ils se sont enfuis par les collines.

— Alors, comment pouvons-nous vous aider à résoudre cette enquête, chers détectives ? s'enquiert le professeur Marchand.

Agatha se tapote le nez du bout des doigts, ce qu'elle fait toujours quand elle est en train de réfléchir à toute vitesse.

— Avant tout, nous devons nous réunir en privé. Nous reviendrons vous expliquer comment nous comptons procéder.

À ces mots, les trois détectives se lèvent et quittent le pavillon, d'un air très professionnel…

EGYPTE
POSTES
30 MILLS.

Chapitre 6

La malédiction du pharaon

Dès qu'ils sortent du pavillon, Agatha se met à faire les cent pas.

— Il y a quelque chose qui m'échappe, murmure-t-elle. Mais je ne sais pas encore quoi.

La tête penchée en avant, les cheveux dans les yeux, elle parle à voix basse.

— J'ai besoin de marcher. Ça m'aide à réfléchir. On va commencer par explorer le site archéologique.

Elle part d'un air décidé, suivie par

Larry et Mister Kent, qui éclairent le chemin avec leurs torches électriques. Le périmètre de fouilles, où la tablette a été découverte, est délimité par un grillage en fil de fer barbelé, avec une pancarte indiquant : **PERSONNEL UNIQUEMENT**. Le poste de garde, occupé par un petit groupe d'ouvriers armés de fusils, est niché à l'embouchure de la vallée. C'est la seule issue possible.

Agatha grimpe sur un gros rocher et balaie le paysage du regard. Mister Kent et Larry savent que son cerveau est en train de tourner à plein régime ! Soudain elle saute du rocher.

— D'abord, les deux ouvriers ne se sont pas enfuis à toutes jambes en passant devant le poste de garde. On les aurait tout de suite remarqués.

— Et ensuite ? demande Larry.

— Ils avaient un complice.

— Un complice ?

Larry ne comprend plus rien. Il essaie de suivre le raisonnement de sa cousine.

— Réfléchis, Larry, admettons que les deux ouvriers aient volé cette mystérieuse tablette. Ce n'est pas une parure de bijoux. C'est difficile à revendre. Seul un spécialiste peut connaître sa vraie valeur.

— C'est vrai, admet Larry. Pourquoi voler une tablette couverte d'inscriptions bizarres ? C'est intéressant, mais seulement si l'on veut trouver l'entrée de la tombe.

— Et c'est fragile, tu le disais toi-même. Il faut s'y connaître pour la manipuler sans la casser. Il n'y a donc que quatre suspects possibles : Tafir, et les trois égyptologues. Élémentaire.

— Je comprends, murmure Larry en se passant frénétiquement la main dans les cheveux. Le premier qui découvrira la tombe du pharaon maudit deviendra immédiatement célèbre dans le monde de l'égyptologie.

Mister Kent reprend :

— Qu'est-ce qu'on fait, Miss Agatha ?

La détective en herbe pèse ses paroles avec soin :

— La seule chose à faire, c'est de diviser les suspects en deux groupes : d'un côté Tafir, et de l'autre, les égyptologues. Il faut les éloigner. Comme ça, on pourra chercher des preuves qui nous permettront de démasquer le complice.

— D'accord, intervient Larry. Mais comment ?

Eh oui, ce n'est pas une mince affaire. Comment se débarrasser des savants ? Les détectives en discutent pendant un bon moment. Ils consultent plusieurs fois les plans satellite sur l'appareil de Larry, et ils finissent par trouver une solution. Elle est risquée, mais après tout… On n'est pas un Mistery pour rien !

Dans la cuisine, les savants les attendent, inquiets. Agatha prend la parole :

— Grâce aux images satellite, annonce-t-elle d'un air sérieux, l'agent LM14 a repéré les deux fugitifs près de la pctite oasis d'Abu Siban, à 50 km à l'est, dans le désert.

Agatha est une menteuse très convaincante, c'est l'un de ses nombreux talents.

— Demain nous prendrons la Jeep et des fusils, poursuit Mister Kent, jouant le jeu à la perfection. Nous les cueillerons par surprise et nous reviendrons avec la tablette avant le soir.

Les savants poussent des cris de joie. Ils serrent la main du majordome, lui donnent de grandes tapes sur l'épaule.

— Pendant ce temps, nous allons nous remettre au travail, ajoute le professeur Marchand, qui a rajeuni de vingt ans. Nous allons enfin découvrir la tombe du pharaon !

Mais Agatha fait non de la tête.

— Cher professeur, l'agent LM14 va avoir besoin de votre aide à tous dans cette mission.

— Quoi ? s'étrangle le docteur Wroclaw. Pourquoi nous ?

— Vous connaissez les deux ouvriers et vous parlez leur langue.

— Et cette nuit, ajoute Agatha, on dormira dans la tente des deux ouvriers disparus. Ce sera plus pratique.

— Euh, c'est vraiment le bazar… tente de protester le professeur Marchand.

— Ça ira très bien.

— Puisque nous sommes d'accord sur tout, allons nous coucher, conclut Larry en bâillant à s'en décrocher la mâchoire.

Le docteur Frank, tout en dévorant un paquet de biscuits, escorte les détectives jusqu'à leur chambre, une tente plantée de travers, dont il ouvre la fermeture Éclair d'un coup sec. Son gros ventre dépasse de sa chemise.

— Si vous avez besoin d'eau, la citerne est là-bas. Bonne nuit, mes amis !

— Enfin, seuls ! dit Agatha. Au travail. Larry, c'est pas le moment de dormir !

— Mais j'ai sommeil !

Ils se mettent à fouiller la tente, envahie par un désordre de vêtements et de bibelots.

Larry, qui tombe de fatigue, finit par s'écrouler sur un tas de tissus dans un coin de la tente.

— On va devoir se débrouiller tous les deux, Mister Kent !

Agatha et le majordome se remettent au travail, quand soudain, Larry se redresse en poussant un hurlement.

Watson court se réfugier dans les jambes de sa maîtresse.

— Qu'est-ce qu'il y a ? demande Agatha, inquiète.

— C'est ce fichu chat, il me léchait l'oreille. Mais pourquoi vous me regardez comme ça ?

Larry a une feuille collée sur la joue. Agatha s'approche pour lire le message entièrement composé de lettres découpées dans un journal. Il est plutôt menaçant :

MISÉRABLES PILLEURS
DE TOMBES !
VOUS SEREZ FRAPPÉS DE LA
MALÉDICTION DU PHARAON SI VOUS
NE PARTEZ PAS AVANT L'AUBE !

— Voilà qui change la donne, murmure Agatha. La tablette n'a pas été volée. Elle est encore ici !

EGYPTE
POSTES
30 MILLS.

Chapitre 7

En Égypte, ils font tout à l'envers !

Après une courte nuit de sommeil, les trois détectives se réveillent fatigués. Mais ils savent qu'ils ont fait un grand pas en avant dans leur enquête. Le message anonyme innocente les ouvriers. En Égypte, les malédictions des pharaons sont encore très présentes dans l'esprit des habitants (Agatha a lu quelque chose là-dessus). Il est évident que les deux hommes étaient terrorisés quand ils ont quitté le camp à toute vitesse.

Si ce ne sont pas eux les voleurs, il n'y a qu'une seule conclusion logique : la précieuse tablette est encore dans le camp.

— Tu dois occuper les égyptologues le plus longtemps possible, répète Agatha à Mister Kent. Si on retrouve la tablette, on saura qui l'a volée. Hein, Larry ?

Il est 7 h 25. Après le petit déjeuner, les trois savants montent dans la Jeep. Mister Kent, au volant, démarre dans un nuage de poussière, laissant Larry et Agatha avec Tafir, chargé de veiller sur le camp en leur absence.

À l'abri d'un grand auvent, Tafir, avec l'aide de quelques ouvriers, range et nettoie sur un établi les vestiges découverts afin de les trier. Puis ses hommes repartent entasser des pierres sur un monticule, qui grandit à vue d'œil. Agatha s'approche.

— Larry et moi, on est libres toute la journée. On peut vous aider ?

— Vous n'avez pas vu le panneau ?

riposte Tafir d'un ton brusque. C'est réservé au personnel. Du vent !

— Quel dommage, répond Agatha, en feignant d'être déçue. On aurait tellement voulu en savoir plus sur votre métier qui a l'air si intéressant...

Tafir se radoucit.

— Bon, après le déjeuner, je vous montrerai peut-être comment on reconnaît un vestige archéologique. Mais en attendant, laissez-moi travailler.

Larry et Agatha s'éloignent. Maintenant, la voie est libre, au moins jusqu'à midi.

— On commence par quoi, Larry ? Le pavillon ou la tente de Tafir ?

— À l'école, on nous apprend qu'il faut toujours éliminer la solution la plus évidente. Je propose donc de commencer par le pavillon.

Bouillant de curiosité, ils entrent dans le bâtiment. C'est la première fois qu'ils sont seuls dans ces pièces réservées aux égyptologues. Ils laissent de côté la cuisine et se dirigent vers les chambres. La pièce est divisée en trois espaces séparés par des joncs tressés. Trois lits, trois commodes et trois petites penderies.

— Et maintenant ? Que conseille l'école de détectives ?

— De toujours fouiller d'abord les cachettes les plus simples.

Ils regardent sous les lits, tâtent les matelas et les oreillers, ouvrent les armoires à la recherche de doubles fonds. Rien.

Ils passent la demi-heure suivante à fouiller les affaires personnelles des trois savants, puis ils se dirigent vers le laboratoire. C'est la plus grande pièce du pavillon, pleine de livres et d'instruments pour l'analyse des vestiges archéologiques. Ils prennent chacun sur la table de travail une paire de gants et se mettent à tout passer au crible. Mais à midi ils n'ont toujours rien trouvé.

— Il faudrait un temps fou pour tout

examiner ! Si on n'a pas résolu le mystère dans un jour et demi, je redoublerai mon année.

— Pas de panique, Larry, je viens d'avoir une idée.

Watson, couvert de poussière, est assis sur la table de travail, juste à côté de la lampe à infrarouges.

— Pourquoi je n'y ai pas pensé plus tôt ? murmure Agatha. La tablette est restée là pendant toute une journée avant d'être volée !

— Et alors ?

— Alors la lampe va nous permettre de retrouver de fines particules d'argile. Regarde...

Agatha allume la lampe, qui révèle une mince couche de poussière dans les angles de la table. Agatha lève les bras en signe de victoire. Puis elle aspire la poussière avec une seringue et la transvase dans une petite fiole qu'elle place dans la centrifugeuse.

— Cette toupie va nous donner la composition chimique exacte de la poussière.

— Et à quoi ça va nous servir ? demande Larry, un peu perdu.

— À retrouver la tablette, mon cher Larry.

Quand la centrifugeuse s'arrête, l'écran affiche une séquence de chiffres. Le visage de Larry s'éclaire d'un grand sourire.

— Tu es un génie, Agatha. Donne-moi juste cinq minutes, je dois configurer l'EyeNet.

Lorsque l'appareil est enfin prêt, Agatha dicte à Larry la séquence numérique. Puis ils sortent du pavillon sans perdre de vue le petit moniteur, attendant un signal. Larry commence à faire le tour du site, talonné par Agatha. Comme ils approchent de la carrière, l'appareil émet un petit *BIP*. Les deux cousins se mettent à courir. Heureusement, les ouvriers sont tous en train de déjeuner à l'ombre des tentes. Agatha et Larry entrent dans la carrière sans se faire remarquer. Le signal devient plus fort à mesure qu'ils approchent du monticule formé par les cailloux.

— La tablette est là-dessous, creusons ! murmure Larry.

Posant son appareil à terre, il se met à dégager la pile de cailloux. Mais soudain, il s'arrête, épuisé et en nage.

— Pourquoi tu ne m'aides pas ? demande-t-il à Agatha.

Sa cousine a l'air déçue. Elle fixe l'écran de l'EyeNet.

— Larry, regarde bien, murmure-t-elle en lui passant l'appareil.

La zone indiquée sur l'écran est bien trop grande pour qu'il s'agisse de la tablette. Il y a de l'argile sur un rayon de plus d'un mètre.

— Elle est en mille morceaux, murmure Agatha. Quelqu'un l'a détruite.

— C'est la fin de l'enquête, ajoute Larry, démoralisé. Et la fin de ma carrière de détective…

Mais Agatha a remarqué quelque chose. Au milieu des pierres, il y a de drôles de petits tubes. Elle les observe avec soin.

— Tu as vu ces bougies ? demande-t-elle à Larry. Elles ont été allumées du mauvais côté.

— Quoi ?

— Oui, regarde, le socle est consumé, alors que la mèche est intacte.

Sans doute une coutume locale. Ils font tout à l'envers, ces Égyptiens !

— Qu'est-ce que tu viens de dire ?

Agatha se frappe le front : elle vient d'être foudroyée par une soudaine intuition.

— Mais bien sûr ! Tout à l'envers ! La voilà la solution de l'énigme !

EGYPTE
POSTES
30 MILLS.

Chapitre 8

L'Indionigro frappe encore

La Jeep pilotée par Mister Kent revient au camp, et se gare devant le pavillon. Il est 8 heures du soir et il souffle un vent chaud qui déplace des nuages de sable.

— La tablette ? demande Agatha. Les ouvriers ?

— Un échec. Nous n'avons trouvé personne à l'oasis, dit le professeur Marchand, d'un air abattu.

Agatha, faussement surprise, se tourne vers le majordome.

— Ils ont dû s'enfuir, ment Mister Kent. Je vais demander à l'agence de nous communiquer leur nouvelle position.

Pendant que les savants se rafraîchissent, Agatha et Larry mettent Mister Kent au courant de leurs découvertes. Quand le professeur Marchand entre dans la cuisine, il remarque la table dressée.

— Pourquoi est-ce qu'il y a une assiette en plus ?

— J'ai pensé à inviter Tafir pour le dîner. Si ça ne vous dérange pas, naturellement.

Le mystère est bientôt résolu : Agatha et Larry ont passé l'après-midi à mettre au point un plan pour piéger le coupable…

Après le repas, Agatha se lève. C'est le moment de vérité.

— Mes chers amis, commence-t-elle. Je vais vous raconter ce qui a vraiment eu lieu la nuit de la disparition de la tablette.

Marchand est tellement surpris qu'il renverse son verre de vin.

— Notre histoire débute il y a trois jours. La tablette vient d'être apportée dans le laboratoire pour y être nettoyée. Pendant que M. Wroclaw commence à traduire les inscriptions, la rumeur circule parmi les ouvriers : les hiéroglyphes sont à l'envers. Les plus peureux parlent de la malédiction du pharaon.

— Comment connaissez-vous l'histoire d'Anubis ? demande Tafir, stupéfait.

Mais Agatha ne répond pas. Elle poursuit son récit.

— Un peu plus tard, deux des ouvriers entrent dans leur tente, et ils découvrent un message qui les terrorise. Ils attendent la nuit tombée et prennent la fuite en escaladant les rochers.

— Mais qu'est-ce que vous racontez ! s'exclame Wroclaw. Ce sont des voleurs !

Agatha secoue la tête et brandit le message anonyme.

— Chers amis, cette feuille a été placée dans leur tente exprès. Et par l'un de vous.

Les quatre spécialistes se regardent. La tension entre eux est palpable.

— Une fois la nuit tombée, épuisés, vous allez vous reposer dans vos chambres. Pourtant, l'un de vous ne s'endort pas. Il attend que tout redevienne tranquille dans le camp, puis il rassemble les objets dont il a besoin pour l'exécution de son plan.

Agatha marque une pause dans son récit. Les autres sont suspendus à ses lèvres.

— Il faut savoir que notre mystérieux suspect veut se rendre vers le tas de débris près de la carrière. Un endroit parfait pour cacher la tablette. L'homme a pris des bougies avec lui, dont il fait fondre le bout. Ensuite il laisse le liquide chaud pénétrer dans les rainures des hiéroglyphes. Il obtient un moulage de la tablette. Les inscriptions se retrouvent à l'endroit, plus faciles à déchiffrer.

— Mais c'est de la folie ! s'exclame Marchand. Il aurait pu faire la même chose avec un ordinateur !

— Oui, justement, répond Agatha, mystérieuse. Mais l'homme voulait faire disparaître à jamais la tablette. Et d'ailleurs, dès qu'il a eu le moulage, il l'a détruite. Puis il a caché la copie dans le seul endroit où elle ne risquait pas de fondre. C'est qu'il fait très chaud ici, en Égypte, n'est-ce pas ?

À ce moment précis, le docteur Frank saute sur ses pieds et brandit un pistolet.

— Plus personne ne bouge, dit-il en reculant à petits pas vers le congélateur. Je ne sais pas comment vous avez fait pour découvrir mon secret, mais maintenant je vais être obligé de me débarrasser de vous.

— Frank ? interroge Marchand, stupéfait. C'est vrai ce que dit Agatha ?

— Vous me prenez pour un idiot ? réplique le savant. Je sais comment ça se passe. Une fois que vous auriez trouvé la tombe du pharaon, vous auriez gardé pour vous tout le mérite de la découverte. Et moi, on m'aurait oublié !

Mister Kent a les dents qui grincent. C'est l'appel du ring, le signal du combat. Agatha le retient, tandis que Frank le vise avec son pistolet.

— Pas un geste !

Larry reste de marbre. Cette partie du plan n'était pas prévue. Ils sont en train de perdre le contrôle de la situation. Agatha décide d'intervenir.

— Calmez-vous, docteur. Prenez le moulage et partez avec la Jeep. Je vous pro mets que personne ne va essayer de vous suivre.

Larry a des sueurs froides. Qu'est-ce qu'elle raconte, sa cousine ? Elle est folle ou quoi ?

— J'accepte votre offre, mademoiselle la fouineuse. Mettez-vous tous contre le mur. En silence et pas un geste ! Allez, vite !

Après avoir sorti une cordelette avec laquelle il leur ordonne de s'attacher les uns aux autres, le docteur Frank se dirige vers le congélateur et plonge la main au fond, près du bac à glace, là où il a caché la tablette. Mais il recule en poussant un cri strident.

— Qu'est-ce qui m'a piqué ?

— C'est vous qui allez vous taire et ne plus bouger ! lance Agatha, triomphante.

Elle se dégage et, en souriant, va lui pincer la joue. L'homme est pétrifié. Il ne bouge plus du tout.

— Mais qu'est-ce qu'il lui arrive ? demande le professeur Marchand. On dirait une momie !

Larry et Mister Kent se précipitent vers Agatha, ravis. Quelle idée géniale de glisser l'Indionogro Petrificus dans le congélateur, à côté de la tablette !

— Tu vois, Agent LM14, dit Agatha en regardant Larry dans les yeux. On a résolu l'énigme du pharaon !

MISSION ACCOMPLIE

Dans l'air frais du matin, tout le monde selle les dromadaires pour le voyage de retour. Devant le pavillon, Marchand et Wroclaw sont là pour les saluer. Les deux savants ont passé la nuit à étudier le moulage en cire et à photographier les symboles un par un.

— Croyez-moi, il va nous falloir du temps, peut-être des mois ou des années, mais nous trouverons l'entrée de la tombe du pharaon ! lance, enthousiaste, le vieux professeur.

— J'attends avec impatience de voir ça en première page des journaux, répond joyeusement Agatha.

Tafir les rejoint, sa tunique volant dans la brise. Il a un cadeau pour chacun des trois détectives : un médaillon représentant Anubis. Il explique que c'est une amulette contre le mauvais sort.

Quant au docteur Frank, il a été menotté, et la police va bientôt venir le chercher.

Au moment du départ, Marchand ne

veut plus lâcher la main de Mister Kent.

— Merci encore, agent LM14 !

Une fois passées les collines, ils s'arrêtent pour admirer le paysage. Larry a reçu un message sur l'EyeNet : bonne nouvelle, il est admis haut la main à son examen ! Soudain, l'appareil se met à sonner.

— Qu'est-ce qu'ils veulent encore ? râle Larry. L'examen est terminé, non ?

Et décrochant le téléphone :

— Allô ? Ici l'agent LM14… Comment ? Oui, bien sûr, ne quittez pas. Je vous la passe.

Agatha et Mister Kent le regardent sans comprendre.

— C'est pour toi, Agatha. Ta mère a l'air dans tous ses états.

— Allô, maman chérie ?… Bien sûr que je suis à Londres ! Je fais du shopping en ville… Avec Mister Kent, naturellement… Ah… Vous rentrez demain ? Très bien… Alors, à demain !

L'air inquiet, Mister Kent conclut :

— Bon, il faut filer, maintenant !

— Oui, j'ai hâte de rentrer à Londres ! intervient Larry en éperonnant son dromadaire.

Mais au lieu d'avancer, l'animal penche dangereusement sur le côté. Dans un bruit sourd, il s'écroule sur le sol. Larry, les quatre fers en l'air, est furieux.

Mais il finit par sourire quand il entend les éclats de rire d'Agatha et de Mister Kent qui résonnent dans toute la Vallée des Rois !

FIN

Agatha Mistery

De nouveaux mystères à élucider ?
Pas de panique, Agatha et Larry
s'en chargent !

Les as-tu tous lus ?

Tome 1
Le secret de la déesse

Tome 3
Le trésor du roi

LES MISTERY

À TRAVERS LE MONDE...

TABLE

« Pour l'éditeur, le principe est d'utiliser des papiers composés de fibres naturelles, renouvelables, recyclables et fabriquées à partir de bois issus de forêts qui adoptent un système d'aménagement durable. En outre, l'éditeur attend de ses fournisseurs de papier qu'ils s'inscrivent dans une démarche de certification environnementale reconnue. »

Imprimé en Espagne par CAYFOSA
Dépôt légal : mai 2012
Achevé d'imprimer : mai 2012
20.20. 2926.2/01 – ISBN : 978-2-01-202926-2
Loi n° 49956 du 16 juillet 1949
sur les publications destinées à la jeunesse